Os sonhos
contados às crianças curiosas

Sylvie Baussier e Ilya Green

Os sonhos contados às crianças curiosas

Sylvie Baussier e Ilya Green

Tradução
Mariana Echalar

martins fontes
selo martins

© 2012 Martins Editora Livraria Ltda., São Paulo, para a presente edição.
© 2008 Syros – Paris, France.
Esta obra foi publicada originalmente em francês sob o título
Les rêves – racontés aux petits curiex.

Publisher *Evandro Mendonça Martins Fontes*
Coordenação editorial *Vanessa Faleck*
Produção editorial *Cíntia de Paula*
Valéria Sorilha
Preparação *Lara Milani*
Diagramação *Reverson Reis*
Revisão *Flávia Merighi Valenciano*
Janaína Silva
Silvia Carvalho de Almeida

Dados Internacionais de Catalogação na Publicação (CIP)
(Câmara Brasileira do Livro, SP, Brasil)

Baussier, Sylvie
Os sonhos contados às crianças curiosas / Sylvie Baussier, Ilya Green ; tradução Mariana Echalar. – São Paulo : Martins Fontes – selo Martins, 2012.

Título original: Les rêves racontés aux petits curieux.
ISBN 978-85-8063-060-2

1. Literatura infantojuvenil   I. Green, Ilya.   II. Título.

12-06077   CDD-028.5

Índices para catálogo sistemático:

1. Literatura infantil   028.5
2. Literatura infantojuvenil   028.5

Todos os direitos desta edição para o Brasil reservados à
Martins Editora Livraria Ltda.
Av. Dr. Arnaldo, 2076
01255-000 São Paulo SP Brasil
Tel.: (11) 3116 0000
info@martinseditora.com.br
www.martinsmartinsfontes.com.br

O que são os sonhos?

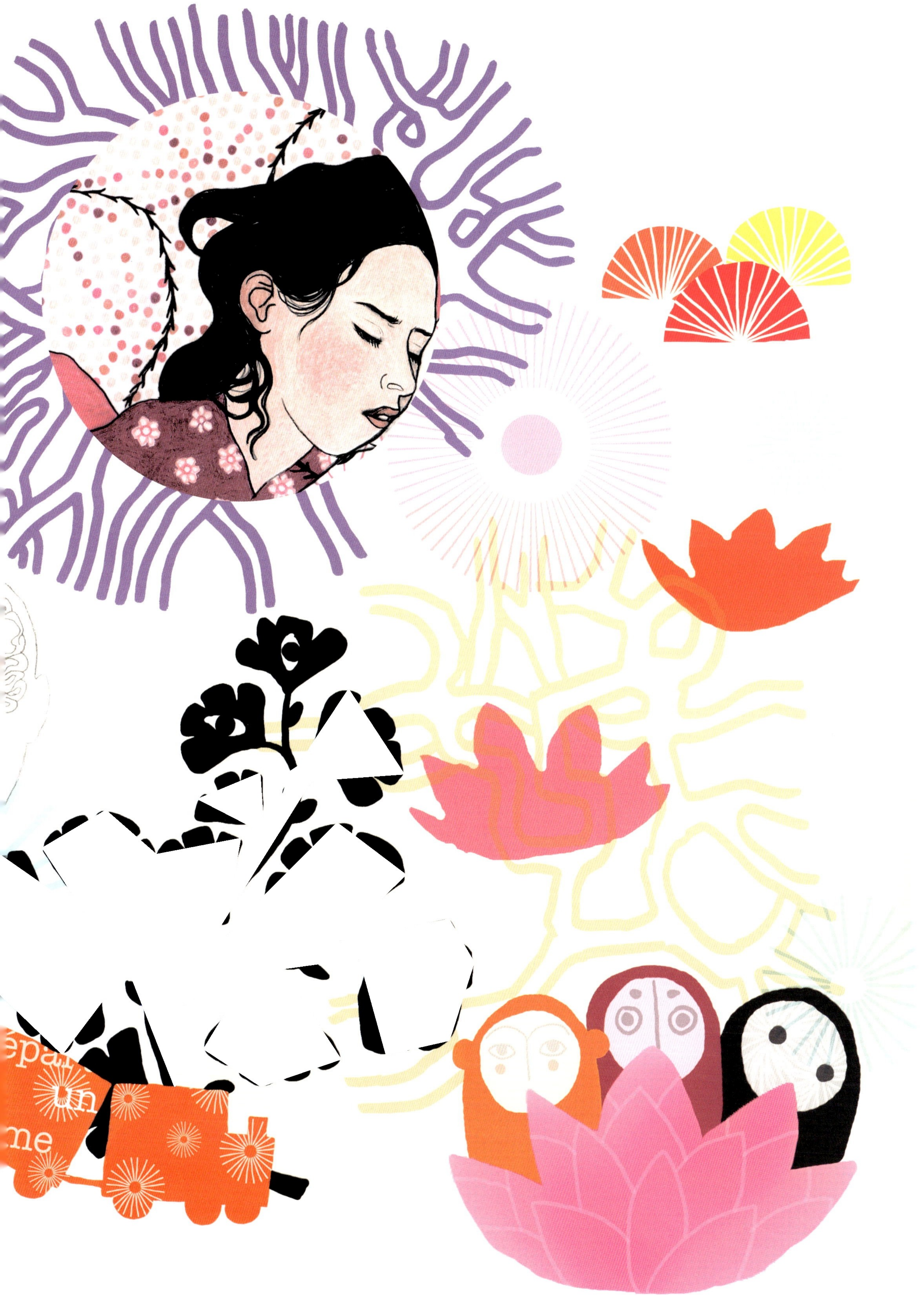
épar
un
me

1

O que são os sonhos?

Os sonhos surgem quando dormimos. Na maioria das vezes, se não contamos logo nossos sonhos, nós os esquecemos, exceto se nos fizerem sentir muito medo! O que são essas histórias estranhas que ocupam nosso cérebro enquanto nosso corpo descansa?

Sonho ou imaginação?

Quando estamos acordados, embarcamos em devaneios: nossa mente associa ideias, imagens etc. Às vezes alguém nos tira desse sonho acordado: "Está no mundo da lua?". Temos de fazer um esforço para colocar os pés no chão. Mas esses pensamentos acordados não são sonhos. Os sonhos são feitos enquanto dormimos. Eles são misteriosos: lembramos um pouco, muito... ou absolutamente nada deles. Em todo caso, não somos nós que decidimos o conteúdo ou a forma dos nossos sonhos. Eles vêm e se impõem. Mas o que sabemos sobre eles?

Palavras que fazem sonhar

Em francês, "sonho" é *rêve*. Essa palavra é estranha. Vem provavelmente da palavra galo-românica *esver*, derivada do latim *vagus*, "que anda sem rumo, que vagueia". Então "sonhar" é passear por aí, sem destino certo. Na mesma família de palavras, encontramos "sonho, sonhável, sonhador". Antigamente, em francês, dizia-se *songe*, em vez de *rêve*. A palavra *songe*, que vem do latim *somnium* ("sono"), foi substituída no século XIX por *rêve* para designar as histórias que se formam enquanto dormimos.

Já *cauchemar*, que em português significa "pesadelo", foi durante séculos uma palavra do gênero feminino e hoje é do gênero masculino. Vem do picardo *chausse*, que significa "prensar, pisar", e do holandês *mare*, que quer dizer "fantasma". Então ter um pesadelo é "pisar em fantasmas", ou melhor, "caminhar sobre fantasmas".*

Pela história dessas palavras, podemos notar como o sonho é misterioso para o homem. Nós andamos sem destino durante o sonho, caminhamos sobre fantasmas... e sem mexer um músculo, já que tudo isso ocorre quando estamos deitados na cama, imóveis!

As fases do sono

Nosso sono não é o mesmo a noite toda. Ele passa por várias "fases", que duram de uma hora e meia a duas horas cada.

No começo, estamos no "sono lento". Ele é leve no início (ouvimos os barulhos à nossa volta) e mais pesado depois (não ouvimos absolutamente nada). Durante o sono lento, pode acontecer de sonharmos, mas esses sonhos são muito simples e em geral não nos lembramos deles, exceto se alguém nos acorda bem na hora em que estamos sonhando.

Eletroencefalograma

---

* Em português, "sonho" vem do latim *somnium*, que se refere tanto à ação de sonhar quanto à de dormir. Contudo, há certa superposição de sentidos: *somnium* significa "dormir e sonhar", enquanto *somnus*, apenas "sono". Já "pesadelo" vem de "pesado" (no sentido de "desagradável, difícil de suportar"), do latim *pendere*, "pesar, pender".

Em seguida vem uma fase do sono muito especial, que só foi descoberta nos anos 1950: o "sono paradoxal". Ele é chamado assim porque os especialistas em cérebro observaram que possui elementos contraditórios. Nossos olhos fazem movimentos rápidos e nosso cérebro está em plena atividade: estamos sonhando. Ao mesmo tempo, nossos músculos estão relaxados e nosso corpo está em sono profundo. Existe uma espécie de barreira química que impede que nossos músculos se movimentem. Isso é uma tremenda segurança para nós e para quem está à nossa volta! Se você sonhar que está indo para a escola, essa barreira que seu corpo cria impede que você se levante e vá!

Sabemos tudo isso graças às inúmeras pesquisas sobre o cérebro realizadas desde o começo do século XX, sobretudo depois da Segunda Guerra Mundial. Quando está em funcionamento, nosso cérebro tem uma pequena atividade elétrica, que pode ser registrada em papel e visualizada na forma de curvas. Então os cientistas perceberam uma coisa incrível: durante o sono paradoxal, que é quando sonhamos, nosso cérebro trabalha tanto quanto se estivéssemos acordados! Tanto quanto, mas não do mesmo jeito. E não com os mesmos resultados. Quando estamos sonhando, é principalmente a parte do cérebro que chamamos de "hipocampo" que está em atividade. Por isso, os cientistas acreditam que é nessa região que as imagens do sonho se formam.

O sono paradoxal dura mais ou menos vinte minutos em cada etapa do sono. Se dormimos cerca de nove horas, temos seis etapas do sono e sonhamos durante seis períodos de vinte minutos, ou seja, duas horas por noite.

**"Nunca senti que o sono fosse um repouso.
Depois de um entorpecimento de alguns minutos,
uma nova vida começa."**
Gérard de Nerval, *Aurélia*.

11 | O que são os sonhos?

O sonho se parece com o quê?

É difícil responder a essa pergunta por causa da própria natureza dos sonhos: eles se passam no nosso cérebro, mas escapam de nós, porque ocorrem enquanto dormimos e em geral temos lembranças confusas deles. Não podemos controlá-los e dizer: "Agora vai acontecer isso, agora vou mandar os personagens dizerem tal coisa". O mundo dos sonhos é semelhante ao mundo real, mas obedece às suas próprias regras, e elas nos fazem rir ou ficar intrigados depois que acordamos. Os sonhos se parecem com os pensamentos inconscientes, mas com uma grande diferença: eles são menos lógicos, pulam de uma coisa para outra, de um lugar para outro, são imprevisíveis e fantasiosos. Neles, não existe espaço, tempo, vida ou morte: podemos ir até o alto de uma montanha sem nos mover, ver nossa avó que morreu anos atrás etc.

A maioria dos sonhos é composta dos fatos e emoções que marcaram o dia anterior. Assim, podemos fazer nossa primeira aula de dança e acordar com a impressão de que passamos a noite inteira dançando. O estado do corpo também influencia: se sentimos alguma dor, podemos sonhar que estamos no hospital, cercados de médicos que vêm nos tratar. Preocupação (ou ansiedade) com um acontecimento futuro também provoca sonhos: por exemplo, na véspera da volta às aulas, uma menina sonha que vai ser separada das amigas.

Um barulho externo, percebido durante o sono, pode entrar no sonho: a campainha do despertador pode virar o toque de um carrilhão ou a sirene dos bombeiros.

Às vezes, quando estamos sonhando, pensamos: "Eu sei que estou sonhando". Mas nem assim podemos "entrar" no sonho para assumir o comando. Assim como os outros sonhos, esses "sonhos lúcidos" contam uma história que não podemos controlar.

Muitos sonhos são visuais, às vezes em preto e branco, às vezes coloridos; outros são principalmente auditivos. Podemos ouvir claramente as palavras e não conseguir distinguir o rosto da pessoa que falou. Em outros casos, vemos as coisas, mas não entendemos o que os personagens dizem. Isso se deve a uma particularidade física do nosso cérebro: o lado direito, que reconhece os rostos, e o lado esquerdo, que compreende as palavras (para os canhotos, é o inverso), são ligados por um corpo caloso que fica pouco ativo durante os sonhos. Essa é uma das razões por que os sonhos parecem tão estranhos!

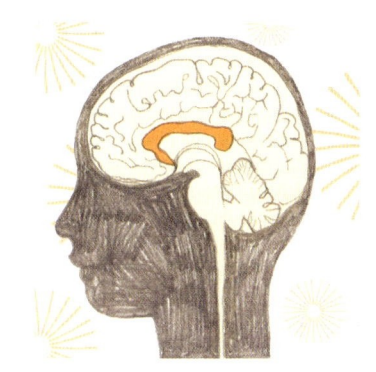

Em laranja, o corpo caloso do cérebro

Os sonhos servem para quê?

O sono em geral, e provavelmente os sonhos também, nos ajuda a lembrar o que acabamos de aprender. Em 2003, a equipe da pesquisadora americana Sara Mednick descobriu que uma soneca de uma hora depois do almoço auxiliava nos testes de memória sobre elementos que tinham sido vistos de manhã.

Subimal Datta, neurobiólogo da Universidade de Boston, acredita que os sonhos nos permitem selecionar as informações que recebemos em estado de vigília. Eles nos ajudam a separar as lembranças "inúteis" daquelas que devemos guardar na mente.

Alguns sonhos deram origem a criações incríveis! Paul McCartney, por exemplo, ouviu a música "Yesterday" em sonho e, no dia seguinte, tocou igualzinho...

"É fácil descobrir a função geral do sonho. Ele serve para nos proteger contra excitações externas ou internas – aliviando-as, por assim dizer – que possam conduzir ao despertar e garantir com isso o sono contra tudo o que possa perturbá-lo."
Sigmund Freud, *Minha vida e a psicanálise.*

Com que idade começamos a sonhar?

De acordo com muitos estudos, entre eles os do fisiologista francês Michel Jouvet, os bebês sonham desde muito cedo. Os recém-nascidos apresentam sonho paradoxal; quando dormem, sorriem, franzem a testa, como se estivessem vivenciando cenas. Mas é claro que não podemos ter certeza, porque eles ainda não sabem falar! Por volta dos 3 anos, as crianças já dominam a linguagem. Elas podem, do seu jeito, contar um sonho. Os sonhos das crianças são mais simples que os dos adolescentes ou dos adultos. Também incluem acontecimentos passados, preocupações, angústias ou raiva. Uma criança pode sonhar que está nadando enquanto faz xixi na cama: o conteúdo do sonho a protege da proibição (fazer xixi na cama) e permite que continue dormindo.

"É destino dos mais lindos sonhos se transformarem de repente em pesadelos..."
Italo Calvino, *As cosmicômicas*.

O que é pesadelo?

Os pesadelos são sonhos um pouco especiais: eles provocam emoções tão fortes que podem nos acordar! Alguns pesquisadores definem os pesadelos como sonhos que apresentam situações angustiantes e que não dão solução para elas. Em resumo, os pesadelos são sonhos que "deram errado", uma vez que não conseguem nos livrar dos nossos medos.

Existem dois períodos na vida em que temos mais pesadelos: por volta dos 4 ou 5 anos e da adolescência até mais ou menos os 25 anos, de acordo com Robert Stickgold, pesquisador da Harvard Medical School, nos Estados Unidos.
Quando acordamos por causa de um pesadelo, temos vontade de

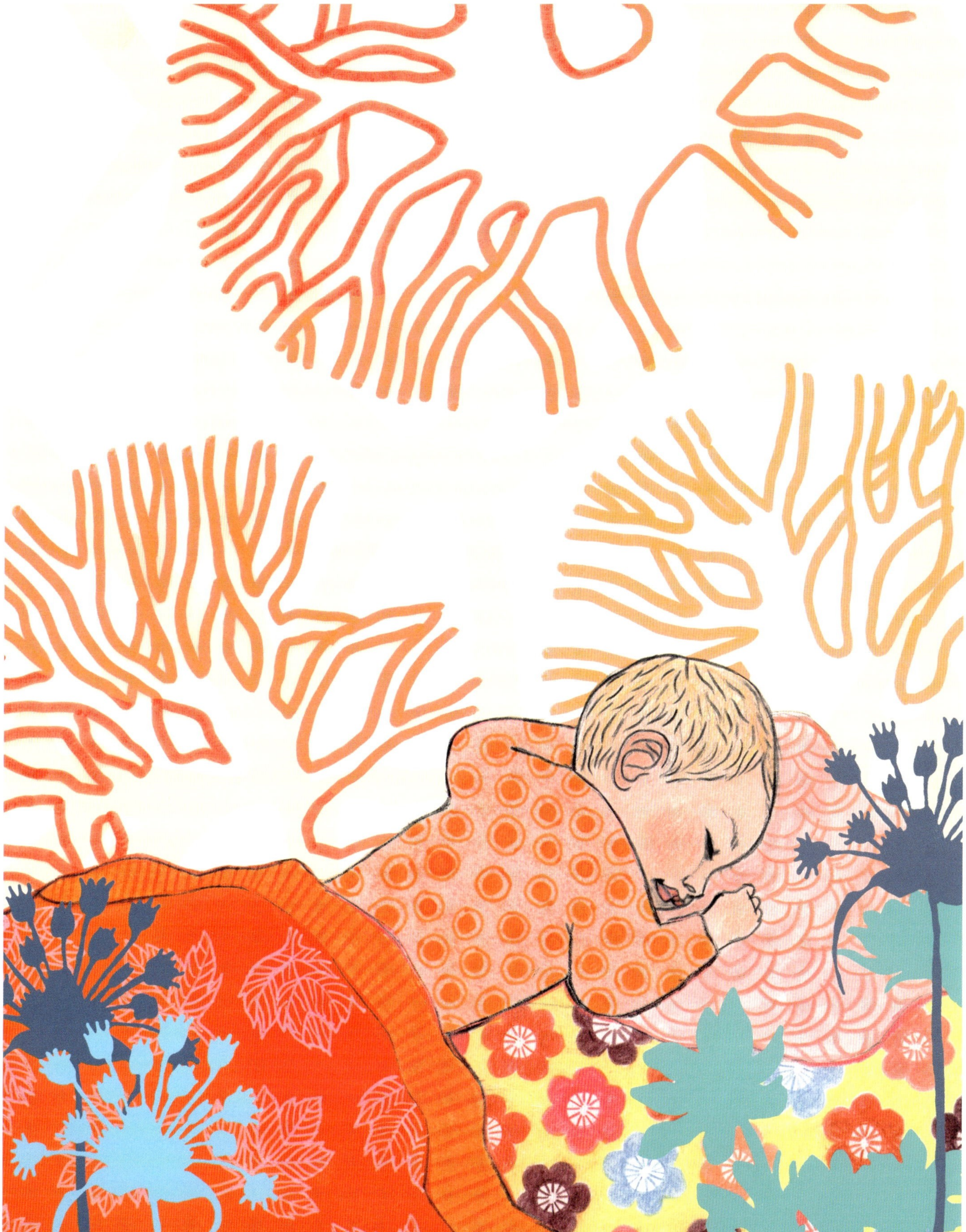

OS SONHOS | 16

correr para os braços seguros de um adulto. Podemos lhe contar o que vimos em sonho, porque isso ajuda a nos acalmar e a dormir mais tranquilamente.

Os adultos também podem ter pesadelos. As pessoas que passaram por uma experiência terrível em geral têm mais pesadelos. Chamamos isso de trauma. Por exemplo, alguém que foi usado como refém pode acordar quase todas as noites porque sonha que continua nas mãos dos sequestradores. O pesadelo expressa medos nos quais não pensamos necessariamente durante o dia, já que nossa mente está ocupada com outras coisas.

"Acreditar nos seus sonhos é dormir toda a vida."
Provérbio chinês.

Os animais sonham?

Os seres humanos sabem que sonham porque se lembram dos seus sonhos e podem contá-los, transformá-los em palavras. Cobras, moscas, ratos e gatos não podem contar nada. Então como podemos saber se eles sonham ou não? Observando certos animais domésticos, desconfiamos que eles sonham. É muito divertido espiar um cão de caça enquanto ele está dormindo. Ele respira mais forte, o que deve corresponder a um latido violento no sonho; mexe um pouquinho as patas, como se estivesse perseguindo uma presa... Experiências realizadas em 1998 com gatos deram indicações mais precisas, mas uma parte do cérebro deles precisou ser danificada: a que bloqueia a atividade dos músculos durante os sonhos. Um gato nessas condições pode se levantar e perseguir uma coisa imaginária, ou comer uma comida que só existe no seu sonho. Isso prova que se formam imagens no cérebro do animal durante o sono.

Fora esse caso excepcional, não podemos dizer com certeza que um animal está sonhando. Mas, se registrarmos a atividade elétrica do seu cérebro, podemos descobrir se ele tem ou não períodos de sono paradoxal. Sabemos, por exemplo, que os répteis (cobras, jacarés, tartarugas etc.) não têm ou têm muito pouco sono paradoxal. Os pássaros têm, mas são curtos. Todos os mamíferos têm, mas a duração do sono paradoxal varia conforme a espécie. O gato e o homem são os que mais sonham!

Portanto, nem todos os animais sonham, porque quase não existe sonho sem sono paradoxal. Os animais que surgiram há mais tempo na Terra – aqueles que dizemos que têm "sangue frio", pois a temperatura do seu corpo varia conforme a temperatura externa – não sonham. Os pássaros, que descendem dos dinossauros e são animais de "sangue quente", isto é, de temperatura corporal constante, sonham durante períodos muito curtos a cada fase do sono. Os mamíferos, que surgiram muito tempo depois e também têm "sangue quente", são os que mais sonham. Então é muito provável que o sonho tenha surgido ao longo da evolução das espécies!

"Não só [os rouxinóis] dormem, como também sonham, e um sonho de rouxinol, porque os ouvimos gorjear a meia voz ou cantar baixinho."
Georges Louis Leclerc, conde de Buffon, *Pássaros.* ■

19 | O que são os sonhos?

O poder dos sonhos

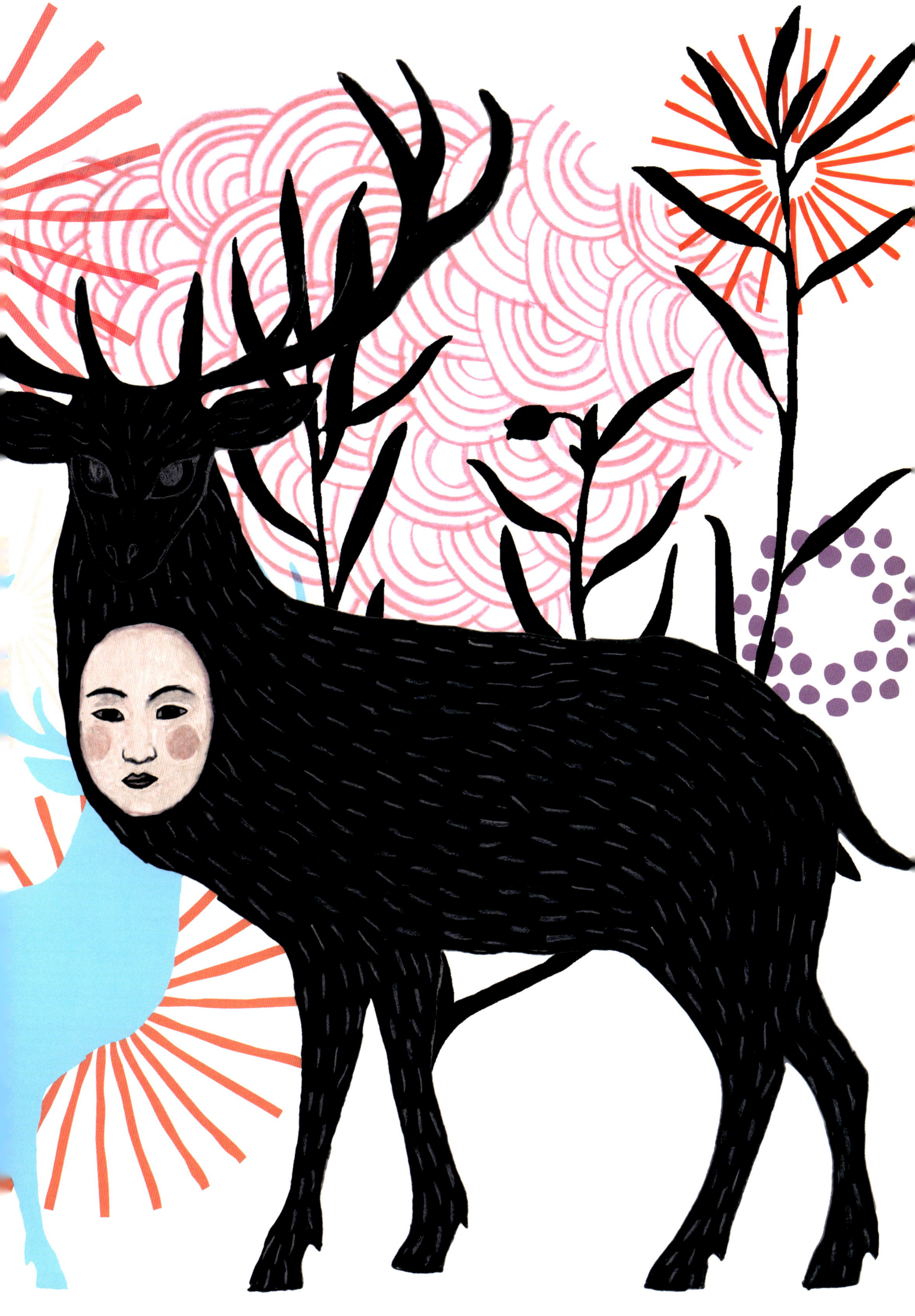

2

O poder dos sonhos

Desde sempre os homens sabem que sonham. Mas antigamente nem imaginavam que existia um sono paradoxal. Na Antiguidade, as pessoas acreditavam que certos sonhos eram enviados pelos deuses. A ideia de uma intervenção externa sempre esteve presente em algumas sociedades.

Entendendo de onde vêm os sonhos

Aqueles que dizem "Eu não sonho" têm a impressão de que não sonham. Mas todos nós sonhamos! Só que apenas uma pessoa em cada cinco, aproximadamente, se lembra dos seus sonhos. Se todos sonhamos, e cada um tem um jeito de se lembrar dos seus sonhos, então devemos nos perguntar: "De onde vêm meus sonhos?"; "Eles querem me dizer alguma coisa?"; "Com que os outros sonham?". Essas histórias que surgem na nossa cabeça nos intrigam. Elas têm algum significado?

Durante muito tempo, acreditou-se que certos sonhos, principalmente os de chefes, príncipes, homens de fé ou sábios, deviam ser interpretados. Em função dessas interpretações, decisões essenciais podiam ser tomadas.

Mensagens dos deuses

Há milhares de anos, na Antiguidade, os homens acreditavam que os sonhos eram mensagens divinas: os deuses, como não podiam se mostrar aos mortais, falavam com eles durante o sono. Mas nem todos os sonhos eram levados tão a sério. Alguns eram vistos como simples devaneios, e seu significado não tinha muita importância. Então quem sabia identificar se um sonho era ou não uma mensagem vinda do outro mundo? Em geral, o sonho divino era enviado a um homem muito sábio, muito piedoso, ou então a um homem que sabia interpretá-lo.

Segundo a mitologia, alguns desses sonhos foram tão importantes que salvaram a humanidade! Por exemplo, um mito babilônio, escrito numa tabuinha de argila, conta que os deuses, cansados da bagunça e das bobagens que os homens faziam, decidiram eliminá-los da face da Terra, provocando um grande dilúvio. Mas Enki, um deus mais sábio que os outros, avisou Atrahasis, um homem excepcional, para que ele pudesse se salvar. Em sonho, ele lhe disse: "Atrahasis, destrói tua casa e usa a madeira para salvar tua vida. Constrói um barco grande e fechado. Que a calafetagem seja grossa e resistente. Guardarás nele teu trigo, teus bens e, o mais importante, embarcarás tua mulher, tua família, assim como animais selvagens, grandes e pequenos, e pássaros do céu". Atrahasis tinha apenas sete dias para construir o barco. Assim que o embarque terminou, um vento terrível rompeu as amarras. Nesse mito, que é uma versão muito semelhante à história da arca de Noé, contada na Bíblia, uma mensagem enviada na forma de sonho evita que a humanidade seja destruída para sempre.

O barco de Atrahasis

"Confie nos seus sonhos, pois neles está escondido o portão para a eternidade."
Khalil Gibran, *O profeta*.

OS SONHOS | 24

Um intérprete para essas mensagens

Mas nem todo mundo era Atrahasis. A maioria dos mortais não sabia como se dirigir aos deuses para que eles lhes falassem em sonhos. E também não sabia como interpretar os sonhos. As pessoas tinham dúvidas: as imagens que apareciam durante o sono talvez viessem do mundo dos imortais, mas talvez fossem criadas pela mente ou enviadas por forças malignas! Como saber? Procuravam um especialista, que conhecia a linguagem dos sonhos e sabia interpretá-los. Esse especialista era em geral um sacerdote ou um adivinho. Graças a ele, a mensagem ficava clara e podia resultar numa ação.

Na Grécia, os doentes iam ao santuário de Asclépio, o deus da cura, que ficava em Epidauro. Primeiro, eles realizavam ritos de incubação para se preparar para o sonho que a divindade enviaria: purificavam o corpo com água, seguiam uma dieta específica e passavam a noite no "portal da incubação", enrolados na pele da cabra que tinham sacrificado para o deus Asclépio. Os doentes adormeciam, e Asclépio vinha visitá-los. De manhã, eles contavam o que tinham sonhado a um dos sacerdotes de Asclépio. Ele interpretava o sonho e determinava o tratamento que o doente devia seguir.

O deus Asclépio

José, o tradutor bíblico

As religiões monoteístas (que acreditam num único deus), como o judaísmo, o cristianismo e o islamismo, fizeram a mesma pergunta que as sociedades politeístas (que acreditam em vários deuses): como saber se um sonho é uma mensagem importante ou uma peça pregada por uma força maligna? Era necessário um tradutor de sonhos digno de confiança.

Na Bíblia, os sonhos podiam ser um elo entre os homens e Deus. Quando era possível entendê-los! O próprio faraó, rei do poderoso

O faraó

Egito, não sabia resolver o enigma dos seus sonhos. É o que conta uma passagem do Gênesis (40-41): o hebreu José estava preso no Egito por um crime que não havia cometido. Deus estava do lado desse homem justo. Na prisão, José conheceu dois servos que o faraó tinha mandado prender: o copeiro-mor, oficial encarregado de servir vinho ao faraó, e o padeiro-mor, oficial encarregado de servir pão. Naquela mesma noite, os dois tiveram um sonho. José, vendo-os perturbados, propôs ajudá-los a compreender o sentido. O copeiro contou que viu uma videira florescer e frutificar; então, ele espremeu as uvas numa taça e a ofereceu ao faraó. José, inspirado por Deus, interpretou o sonho: "O faraó libertar-te-á e restaurar-te-á ao teu cargo, e tu servirás de novo o vinho". O padeiro também contou seu sonho: "Havia três cestos de pão sobre minha cabeça, e os pássaros bicavam as iguarias que estavam dentro deles". José explicou: "Daqui a três dias, o faraó mandará cortar tua cabeça, e os pássaros comerão o que restar do teu corpo". José estava certo: o copeiro foi solto e o padeiro foi condenado à morte.

Dois anos depois, o copeiro viu o faraó atormentado por um sonho que ele tinha tido. Nenhum adivinhador do Egito conseguia compreendê-lo. O faraó tinha visto sete vacas gordas e vistosas saírem do Nilo, o rio sagrado do Egito, seguidas de sete vacas magras, que devoraram as vacas gordas. Em seguida teve outro sonho: sete espigas de trigo brotaram num mesmo caule, então sete espigas secas e mirradas brotaram perto dali e engoliram as espigas bonitas.

Como os adivinhadores não tinham o que dizer sobre esses sonhos, o copeiro contou ao faraó que José sabia explicar os sonhos. O faraó mandou buscá-lo e contou a história das vacas e das espigas. José, sempre inspirado por Deus, declarou: "Esses dois sonhos dizem a mesma coisa. O Egito terá sete anos de abundância, depois sete anos de fome. Se não quiserdes ver vosso povo morrer de fome, fazei reservas de trigo nos sete anos ricos que virão". O faraó seguiu o conselho de José e o encarregou de preparar as reservas em todas as cidades do país.

Assim, graças ao sonho que Deus enviou ao faraó, graças a José, que soube interpretá-lo, e graças ao próprio faraó, que confiou no homem protegido por Deus, o país ficou a salvo da fome.
O sonho, nessa história, tem um poder de premonição: ele mostra o futuro de um povo e pode mudar seu destino, desde que as pessoas escutem a voz de Deus.
As tradições judaica e cristã seguem em grande parte a tradição antiga: nem todos sabem interpretar os sonhos; mesmo aqueles que afirmam ter poderes extraordinários, como os adivinhadores, não conseguem interpretá-los. Se um sonho é enviado por Deus, só um homem muito piedoso, escolhido por Ele, saberá explicá-lo.

"O sonho é uma parte da profecia."
Maomé.

Os xamãs, sonhadores profissionais

Duas crenças perduraram ao longo da história dos homens: o sonho permite se comunicar com o divino e conhecer o futuro (nesse caso, é uma premonição). Encontramos essas duas funções na Bíblia, como vimos antes. E, ainda hoje, podemos encontrá-las em sociedades que praticam uma religião chamada "xamanismo": o xamã, que pode ser homem ou mulher, serve de intermediário entre os homens e os espíritos, na maioria das vezes por meio do transe (um estado alterado em que a pessoa fica acordada), mas também por meio do sonho.
Os kalash, que vivem no Paquistão, praticam o xamanismo. Eles dizem que os xamãs podem ser visitados em sonho por espíritos maus, os *bhut*. Esses espíritos são vermelhos, altos e têm cascos no

Homens do povo kalash

lugar de pés. Revelam-se sob a aparência verdadeira ou então na forma dos animais que os representam, como o carneiro e o burro. Essas aparições anunciam perigo. Aliás, se um ancestral morto aparece para um xamã num sonho, significa que a alma desse ancestral está com fome; é necessário ir ao cemitério para lhe oferecer pão e acalmá-lo.

Os kalash também têm sonhadores profissionais. Eles são chamados *isprap pashao*, isto é, "aqueles que veem durante o sono", "viajam em espírito" e recebem a "visita" dos deuses. Alguns contam seus sonhos premonitórios a etnólogos: ainda que estejam nas montanhas, cuidando dos carneiros, eles são os primeiros a saber que alguém morreu na aldeia. "Meu espírito visita o lugar onde está acontecendo alguma coisa e volta de manhã para me trazer a prova", diz um xamã. Eles também podem ter visões de advertência. Nesse caso, avisam a pessoa que viram em sonho que ela deve fazer um sacrifício (por exemplo, matar um bode) para determinada divindade. Se a pessoa não o faz, pode ocorrer uma desgraça. Cabe a ela decidir sua conduta.

Nas sociedades siberianas, que também seguem o xamanismo, as pessoas acreditam que a alma pode se separar do corpo durante o sono. O sonho permite que o caçador reconheça sua caça e saiba onde ela está. A experiência do sonho é importante principalmente no momento da iniciação, quando o futuro xamã se encontra com a divindade (Senhora das Águas, Senhor dos Infernos, Senhora dos Animais etc.) ou com o espírito que a representa. Além disso, os sonhos ensinam os xamãs como tratar das doenças.

"Quando alguém sonha, metade da sua alma
voa para o país da sua visão."
Viviane Lièvre e Jean-Yves Loude, *O xamanismo dos kalash do Paquistão*.

29 | O poder dos sonhos

OS SONHOS | 30

Sonhadores na Austrália

Os warlpiri são nativos da Austrália e vivem no deserto central dessa ilha-continente. O que eles chamam de *dreaming*, "o ato de sonhar", remete a tempos muito antigos, quando os primeiros seres criaram o mundo. A terra tem as marcas dessa criação: por exemplo, onde a serpente mítica abriu caminho para passar, formou-se um vale. Na língua warlpiri, sonho é *Jukurrpa*. Essa palavra designa tanto o sonho do início dos tempos quanto os sonhos noturnos que nos levam de volta a esse tempo antigo. Esses dois sonhos estão ligados: quando um homem sonha, ele se "lembra" de cantos e danças que pertencem à memória de toda a tribo. Depois, esses cantos e essas danças que aparecem em sonho são introduzidos nos ritos sagrados.

Os sonhos também dão aos aborígines indicações sobre o futuro. Assim, uma pessoa pode sonhar com uma criança que está para nascer e seu totem. Essa criança já existe e, na mitologia aborígine, ela é um "espírito criança".

Ao contrário das sociedades xamânicas, não existe sonhador profissional nas tribos warlpiri. Alguns sonham mais do que os outros e, em geral, os mais velhos têm o poder de interpretar os sonhos.

Pintura aborígine de um sonho

Sonho da Via Láctea
"É um sonho que conta como nossos ancestrais fizeram as estrelas viajar pelo céu. Há muito tempo, as estrelas caíram do céu. Elas mataram os animais grandes. E também originaram os lugares sagrados. Foram as estrelas cadentes que trouxeram os sonhos aos homens. A Via Láctea é nosso pai se estendendo sobre nós."

Paddy Sims Japaljarri (povo warlpiri, Yuendumu), *Palavras aborígines*.

É magia!

Muitas tradições, mesmo recentes, atribuem poder aos sonhos: eles podem alertar sobre um perigo ou fazer uma pessoa ficar rica, desde que ela saiba interpretá-los! Em 1881, o folclorista Félix Arnaudin recolheu esta história na região de Landes, na França: "Certa vez, dois homens viajavam juntos. Como pararam no caminho para esperar passar o calor, um deles dormiu à sombra. Enquanto ele dormia, o outro viu uma mosca sair da boca dele e entrar no esqueleto de um cavalo que estava por perto. Essa mosca deu voltas e mais voltas na cabeça do cavalo, visitou cada recanto. Depois voltou para a boca do homem adormecido. Quando ele acordou, disse: 'Você não imagina o sonho lindo que tive! Sonhei que estava num castelo em que havia uma infinidade de quartos, um mais lindo que o outro. Você não pode imaginar! E, debaixo desse castelo, estava enterrado um grande tesouro'. O outro disse então: 'Quer saber aonde você foi? Você foi dentro daquela cabeça de cavalo... Vi sua alma sair da sua boca na forma de uma mosca e passear por todos os cantos daqueles ossos. Depois, ela voltou pra sua boca'. Então os dois homens ergueram a cabeça do cavalo, escavaram e acharam o tesouro". Encontramos o mesmo tipo de narrativa nas *Mil e uma noites* e em muitas outras tradições. Isso quer dizer que contar seus sonhos ou acreditar neles pode ser útil?

Um tesouro

Livrando-se de seus sonhos

O relato dos sonhos não tem o mesmo significado em todas as sociedades humanas. Na França, na Alemanha e em outras regiões da Europa, até o século XVI era comum as pessoas contarem seus sonhos aos vizinhos para que estes os comentassem. Depois, os sonhos viraram um assunto pessoal, e as pessoas os guardavam em segredo.

Segundo a tradição dos hopis, índios do Arizona, na América do Norte, não se deve contar qualquer sonho a qualquer hora. Essa tradição ainda estava bem viva nos anos 1930. Quem tivesse um sonho ruim devia acordar imediatamente alguém e contar o que tinha sonhado, depois sair e cuspir quatro vezes seguidas. Assim, o poder das imagens saía do seu corpo e da sua mente. Em compensação, quem tivesse um sonho bom não podia contá-lo enquanto as previsões favoráveis não tivessem se cumprido. Na língua hopi, a palavra que se usa para "sonho" significa alguma coisa como "saco de milho" (o milho é o alimento básico dos hopis), que pode ser carregado nas costas, ou ainda "saco de pensamentos". Essa expressão mostra que o sonho está associado a um elemento positivo, o alimento, e que as pessoas podem se desfazer dele, como um saco do qual a gente se livra...

Índia hopi

O relato de um sonho é, para todos nós, uma coisa íntima, que reservamos para aqueles que conhecemos muito bem – nossa família, por exemplo. Sentimos que o sonho nos pertence e revela uma parte de nós: para algumas pessoas, contar seus sonhos é como se despir.

"É preciso ter muita coragem
para revelar seus sonhos a alguém."
Erma Bombeck.

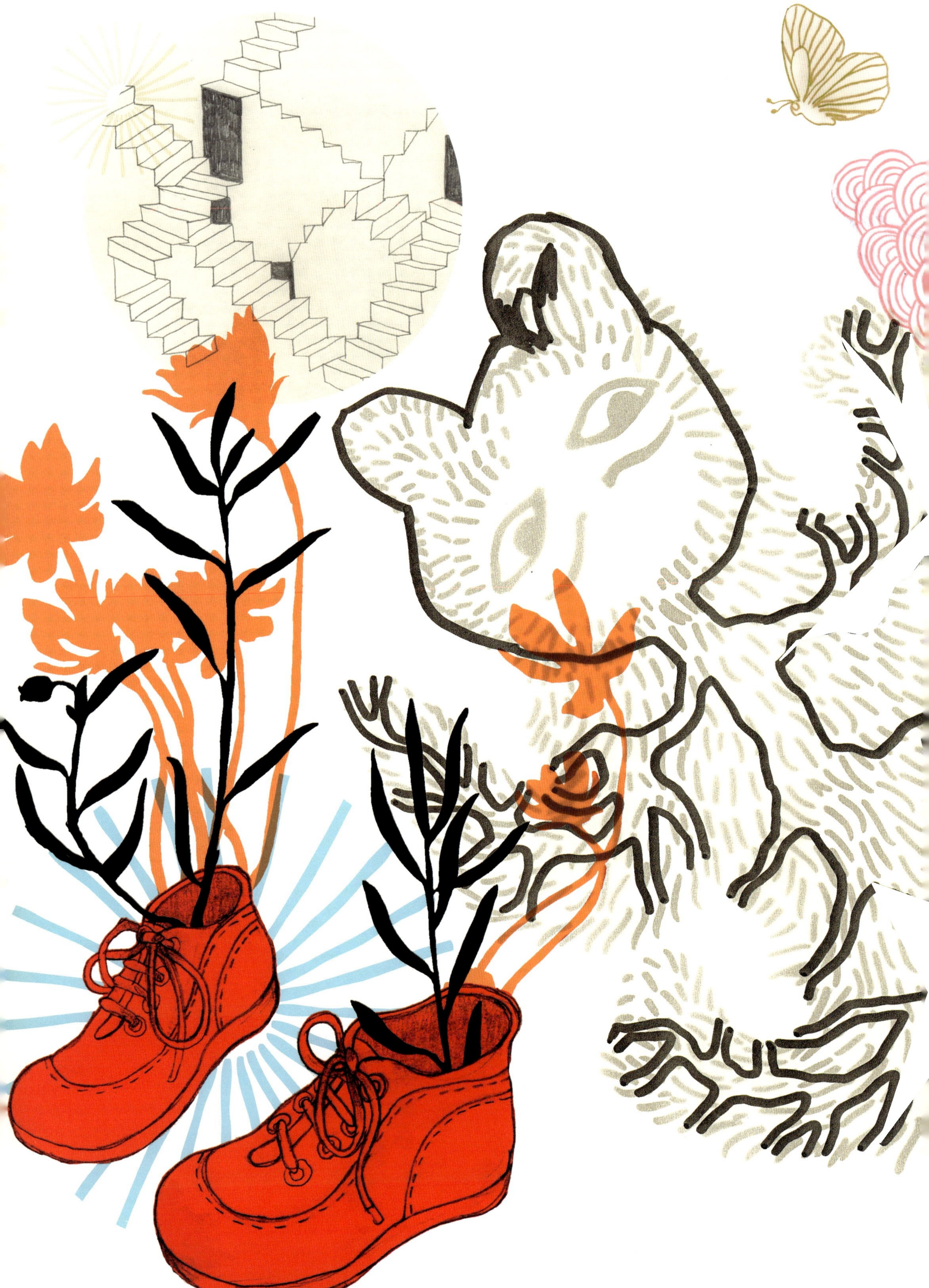

O que dizem nossos sonhos?

3

O que dizem nossos sonhos?

Se os sonhos não são comandados por forças sobrenaturais que querem falar conosco, se não existe uma pessoa capaz de interpretá-los, então o que eles querem dizer? E devemos acreditar neles?

Sonhos que apavoram

Na Idade Média, a Igreja católica queria ter poder absoluto sobre todos. A Inquisição, instituída no século XII, perseguia aqueles que, segundo ela, não eram fiéis à Igreja. Mas como saber o que as pessoas pensavam realmente? Para tentar controlar isso, a Igreja proibiu a interpretação dos sonhos. Os suspeitos de desrespeitar essa regra podiam ser torturados, às vezes até a morte. Isso durou séculos. O Código Napoleônico, escrito em 1804, multava "as pessoas que praticam o ofício de adivinhar e predizer, ou explicar os sonhos".

As dúvidas de Descartes

Descartes foi um grande filósofo francês do século XVII. Os sonhos ocupam um lugar especial em sua reflexão e em sua obra principal: *Meditações metafísicas*. Esse livro narra três sonhos que Descartes teve na noite de 10 para 11 de novembro de 1619: em um, por exemplo, um vento forte não o deixava caminhar em linha reta; em outro, um livro que estava numa mesa, ao lado dele, desaparecia de repente. Ele teve a impressão de que suas sensações eram tão nítidas nesses sonhos como quando ele estava acordado. Essa impressão é a base para sua reflexão ao longo da obra, que tenta responder às perguntas: Onde está a verdade? O que sinto, o que penso quando estou acordado é mais real do que aquilo que sonho? O que prova isso? Descartes afirma que, para saber as respostas, não podemos nos basear nas informações captadas por nossos olhos, nossos ouvidos, nossas mãos etc., e a prova dessa afirmação está no sonho: se acredito que estou sentado ao lado de uma lareira, quando na verdade estou dormindo na minha cama, sonhando que estou sentado ao lado de uma lareira, então como posso acreditar na realidade do que está à minha volta? E se essa realidade for também um sonho? O único ponto em que podemos nos apoiar, segundo ele, é o próprio pensamento: se penso que existo, pelo menos estou certo de que penso, logo meu ser existe.

René Descartes

"Frequentemente, quando dormimos, e mesmo algumas vezes, quando estamos acordados, imaginamos algumas coisas com tanta força que acreditamos vê-las diante de nós ou senti-las no nosso corpo, apesar de elas não existirem."
René Descartes, *Tratado das paixões da alma*.

OS SONHOS | 38

Freud entra em cena

Três séculos depois, o historiador francês Maxime Leroy pediu a Sigmund Freud, um médico especializado em doenças nervosas, que analisasse os sonhos que Descartes teve em 1619. Isso soa estranho! No fim do século XIX, Freud era uma espécie de especialista em sonhos. Na verdade, ele inventou uma maneira de ajudar as pessoas a acalmarem suas angústias: a psicanálise. Uma das ferramentas desse novo método eram os sonhos e o que as pessoas diziam sobre eles. Freud respondeu a Maxime Leroy que era difícil interpretar um sonho quando a pessoa que o sonhou não podia fornecer nenhuma indicação sobre ele. A psicanálise pressupõe um "trabalho com o sonho": o paciente, orientado pelo psicanalista, associa livremente as ideias que lhe ocorrem a partir da lembrança dos seus sonhos. Isso o ajuda a compreender seus desejos e medos. Segundo Freud, o conteúdo do sonho em si não tem significado; o que importa é a forma como ele é sentido pela pessoa que o sonhou. Por isso ele não podia trabalhar com os sonhos de Descartes, que tinha morrido havia três séculos.

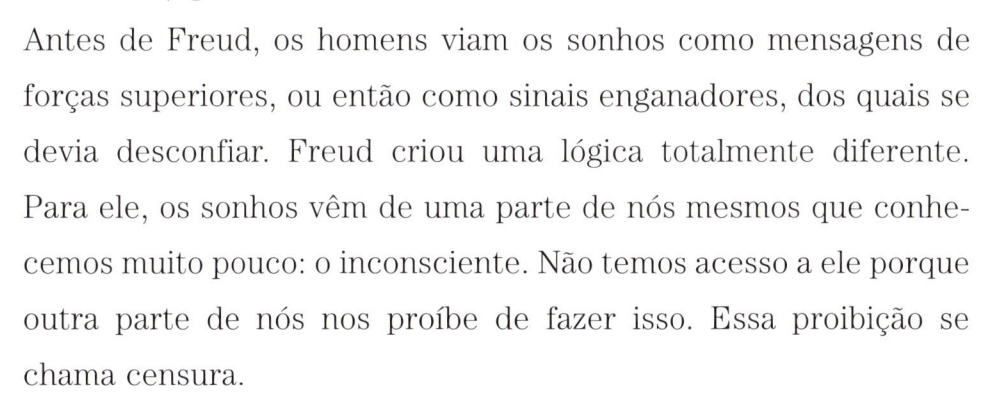

Antes de Freud, os homens viam os sonhos como mensagens de forças superiores, ou então como sinais enganadores, dos quais se devia desconfiar. Freud criou uma lógica totalmente diferente. Para ele, os sonhos vêm de uma parte de nós mesmos que conhecemos muito pouco: o inconsciente. Não temos acesso a ele porque outra parte de nós nos proíbe de fazer isso. Essa proibição se chama censura.

Sigmund Freud

"A interpretação dos sonhos é, na realidade, o caminho privilegiado do conhecimento do inconsciente."
Sigmund Freud, *Cinco lições de psicanálise*.

Uma porta para o inconsciente

Quando sonhamos, a barreira imposta pela censura, que está a postos no nosso cérebro, perde força. Então, entreabre-se a única porta que nos permite conhecer nosso inconsciente, essa parte de nós ainda misteriosa. O inconsciente é tudo aquilo que acontece dentro de nós sem nosso conhecimento. E isso é poderoso: amor e raiva, desejo sexual, sensações de prazer ou desagrado etc. É tão forte que nos protegemos, proibindo que todos esses conteúdos poderosos cheguem ao nosso consciente, isto é, aos pensamentos que podemos exprimir claramente.

Utilizando certas artimanhas, o sonho transforma em histórias e imagens uma parte do que nosso inconsciente sente. Para compreendê-lo, é só prestar atenção ao que o sonho conta. E trabalhar nele!

Quando sonhamos, estamos dormindo. E, salvo raras exceções, não temos consciência de que estamos sonhando. Quando acordamos, a lembrança do sonho pode durar alguns minutos ou sumir, ou então guardamos alguns pedaços dele, mas com "buracos", como se fossem "lapsos de memória". Esses lapsos são provocados pela censura; é como se ela dissesse: "Não, você não pode ter consciência dessa emoção". Se temos a impressão de não sonhar nunca, é porque essa interdição é muito forte: ela fecha a porta dos sonhos assim que abrimos os olhos.

Freud raciocina da seguinte forma: temos uma ferramenta para compreender o que nossos sonhos dizem – as palavras, que nos permitem falar dos nossos sonhos e associar a eles as ideias que nos ocorrem espontaneamente. A pessoa que analisa o próprio sonho faz o caminho inverso daquela que sonhou: ela parte dos elementos de que se lembra e tenta decifrar a mensagem escondida neles. Esse trabalho nos ajuda a viver melhor com as angústias e os medos que às vezes tomam conta da nossa vida.

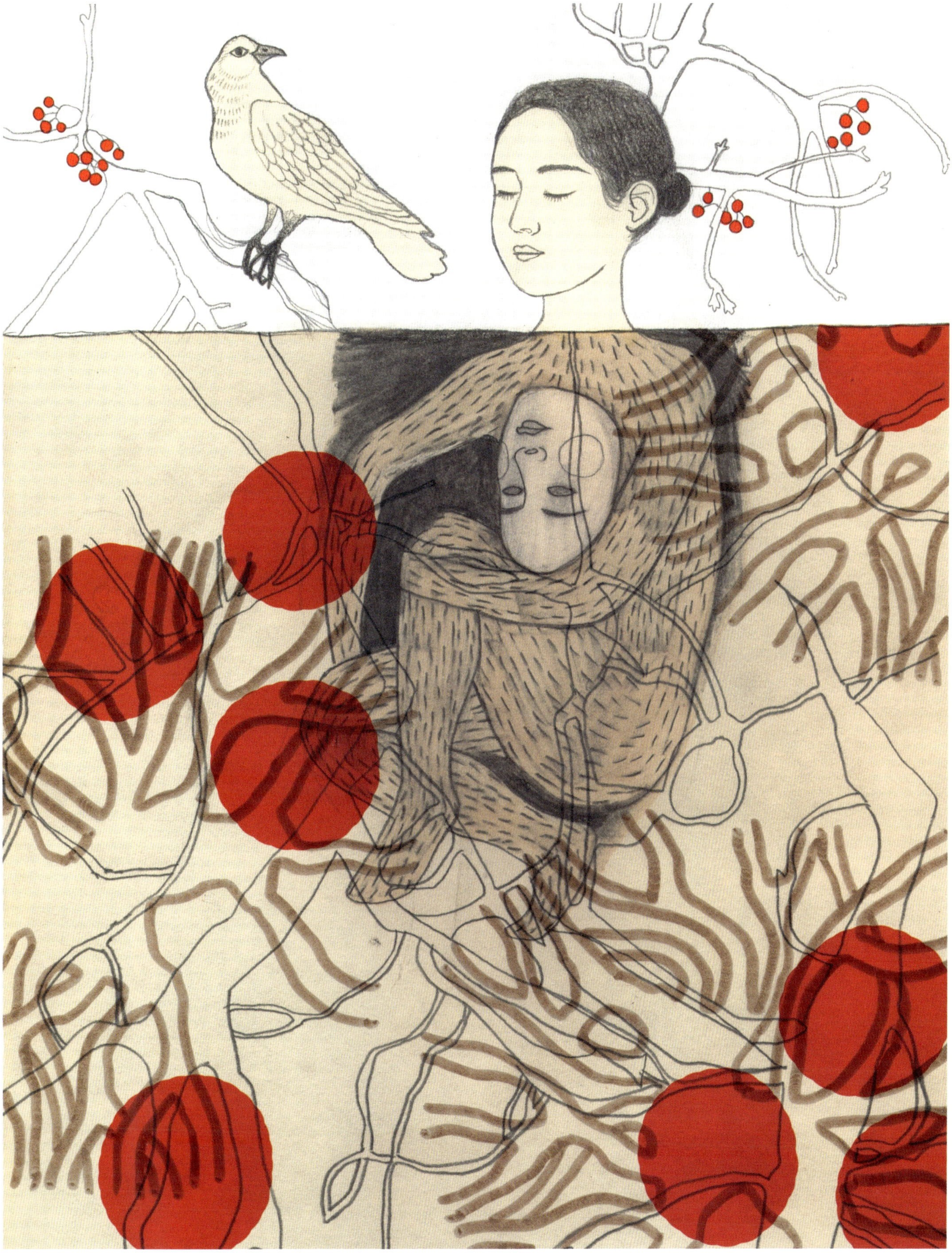

Charada

Freud cita este exemplo: uma de suas pacientes lhe conta um sonho em que ela o viu na forma de um elefante. Eles tentam entender juntos o porquê. A paciente acaba dizendo a Freud que sente, talvez, que ele a engana. Muitos sonhos nascem de um jogo de palavras que nosso cérebro transforma em imagens para nos mostrar o significado. A paciente viu um elefante em sonho, porque o substantivo "trompe" [tromba] e o verbo "tromper" [enganar] soam iguais*. O sonho representou a palavra que assustava a paciente com uma tromba de elefante, como se fosse uma charada. Ele enganou a censura, que queria dominar o inconsciente. Talvez por respeito, a paciente se proíbe de pensar claramente que o médico a engana, mas é exatamente isso que ela sente lá no fundo. O sonho envia uma mensagem codificada: as palavras se transformam em imagens, e as imagens simbolizam uma coisa diferente daquilo que elas parecem ser. Podemos compreender sozinhos o significado de certas partes de um sonho, mas na maioria das vezes precisamos que outra pessoa nos ajude a associar palavras e imagens: o psicanalista. Em algumas ocasiões é preciso um bom tempo, e associações de ideias surpreendentes, para descobrir o significado que um sonho tem para a pessoa que o sonhou.

Rébus
(ɔnbɪɹɪuo) / ˙˙˙ɘnɘub-zɪɹ-pɪu-nɘɑ

"Mas os sonhos atravessam as paredes,
iluminam os quartos escuros ou escurecem
os quartos iluminados; e seus personagens,
debochando de todos os chaveiros do mundo, fazem
suas entradas e saídas como bem entendem."
Joseph Sheridan Le Fanu, *Carmilla*.

---

* Em *A interpretação dos sonhos* (8. ed., Rio de Janeiro, Imago, 1999), Freud conta que essas sessões de psicanálise foram feitas em francês. (N. T.)

As artimanhas dos sonhos

Os sonhos recorrem às charadas para conseguir chegar ao nosso consciente. Mas eles também utilizam outras artimanhas.

Quando acordamos, alguns elementos do nosso sonho podem parecer muito mais importantes que outros. Às vezes a imagem ou a narrativa secundária tem um sentido mais importante para a pessoa que sonhou. Além disso, o sonho pode parecer ilógico. Mas ele tem uma lógica própria. Em sonho, nunca dizemos: "Está acontecendo isso, então vai acontecer aquilo…". Alguns elementos podem se misturar: "Eu estava sendo perseguido por uma garota que tinha um fuzil, mas ela tinha cabeça de bagre…". Soa tão sem sentido que temos vontade de rir! O sonho transforma os pensamentos em imagens, em histórias, e, se não realizamos o trabalho de compreender o que elas escondem, então parecem absurdas.

Sonhos de criança

Uma menina se arruma para ir ao teatro. Seus pais dizem para ela se apressar, e ela desce correndo, mas, em vez de aparecer no térreo, surge no jardim. Achando que se enganou, volta pela mesma porta, mas vai parar na Champs-Elysées*, onde o presidente da República, fantasiado de Papai Noel, conversa com ela!

Freud explica em *Introdução à psicanálise* que, se sabemos o que uma criança vivenciou, podemos compreender facilmente seus sonhos, porque o que eles parecem contar é muito próximo do seu significado real. Os sonhos mostram, por exemplo, o que a criança gostaria de ter feito no dia anterior, mas não teve permissão. Também revelam angústias, como o medo de que não confiem nela.

Os sonhos dos adultos, assim como os das crianças, contêm elementos do dia que terminou, mas também outros, que vêm da infância, como o amor e a rejeição que sentíamos por nossos pais,

---

* A avenida Champs-Elysées é a principal avenida de Paris, capital da França.

por exemplo, e muitos conteúdos de ordem sexual. À medida que crescemos, temos sonhos cada vez mais complexos.

Mesmo que você tenha 10 anos ou seja adulto, não deve sentir culpa pelo que sonha: essas imagens são codificadas, não podem ser tomadas ao pé da letra! Se você sonhou que matou alguém, isso pode significar muitas coisas: por exemplo, uma parte de você está indo embora para dar espaço a outra, e nem por isso você é um assassino! Na verdade, em nossos sonhos, nos preocupamos com o que nos parece mais importante no mundo: nós mesmos! Podemos ver várias pessoas num sonho e nos dar conta de que cada uma delas encarna uma faceta de nós mesmos.

"Se um artesão tivesse certeza de sonhar todas as noites, durante doze horas, que é rei, acho que ele seria quase tão feliz quanto um rei que sonhasse todas as noites, durante doze horas, que é artesão."
Pascal, *Pensamentos.*

Símbolos culturais

Em cada cultura, existem símbolos com significados tradicionais. A tradição muçulmana diz que, quando sonhamos com dentes, isso geralmente tem a ver com nossa família; já as tâmaras representam o que permite continuar a viver, a se alimentar.

Segundo Freud, um rei ou uma rainha, quando aparecem num sonho, representam o pai ou a mãe. A casa é o símbolo do corpo humano. Caixas e estojos representam o corpo da mulher e os carinhos dirigidos a ela.

O psicanalista Carl Gustav Jung estudou os elementos típicos dos sonhos, os "arquétipos", mas não os restringiu ao sexo, como Freud fez. Por exemplo, sonhar que estamos caindo no vazio pode ser simplesmente a sensação física que sentimos no momento em que adormecemos. Para algumas pessoas, esse tipo de sonho pode ser interpretado como uma reação a uma impressão de perigo, um

O que dizem nossos sonhos?

aviso do inconsciente a respeito de um projeto que está além das nossas forças ou, ao contrário, um grande desejo de mergulhar de cabeça numa atividade que adoramos.

"Construir, costurar, é unir;
um pássaro de plumagem colorida é uma linda mulher;
a mãe é a terra..."
Fahd.

Existe um dicionário dos sonhos?

Como frisou Jung, certos símbolos podem ter o mesmo significado para muitas pessoas diferentes. Desde sempre, em todos os lugares, existiram livros de "interpretação de sonhos", como o escrito por Artemidoro de Éfeso no século II depois de Cristo. Hoje, os "dicionários de sonhos", na forma de livros ou na internet, explicam o que certos símbolos supostamente representam nos sonhos. Por exemplo, o sol seria um símbolo de conhecimento; a terra representaria a mãe e a reprodução; se uma pessoa sonha com águas turvas, ela corre o risco de passar por uma situação confusa etc. Mas um símbolo só revela seu significado quando associado aos outros elementos do sonho em que apareceu e ao que diz a pessoa que o sonhou. A universalidade dos símbolos não foi verificada.

A psicanálise e os sonhos premonitórios

Carl Gustav Jung

A crença em sonhos que anunciam o futuro, chamados "sonhos premonitórios", existe há milênios. E ainda está viva em muitas sociedades: entre os wolofs do Senegal, na Grécia moderna ou num ateliê de costura francês (analisado por um etnólogo: as costureiras contam seus sonhos umas para as outras e leem neles nascimentos ou mortes futuros). Em toda parte, em todos os continentes, as pessoas acreditam que os sonhos podem prever o futuro.

Freud acreditava que, como nossos sonhos são a realização dos nossos desejos, quando esses desejos se concretizam na realidade, temos tendência a achar que eles foram previstos por nossos sonhos. Jung não tinha muita certeza da existência de sonhos realmente premonitórios.

Acreditando ou não nos sonhos premonitórios, ainda há muito que pesquisar a respeito do inconsciente, que conhecemos muito mal.

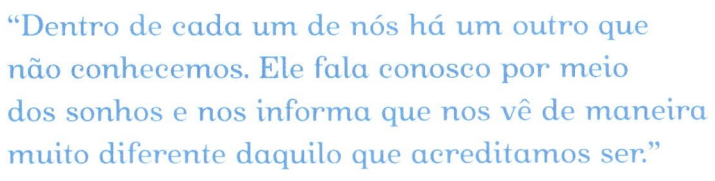

Criança wolof

"Dentro de cada um de nós há um outro que não conhecemos. Ele fala conosco por meio dos sonhos e nos informa que nos vê de maneira muito diferente daquilo que acreditamos ser."
Carl Gustav Jung. ■

Sonhos de artistas

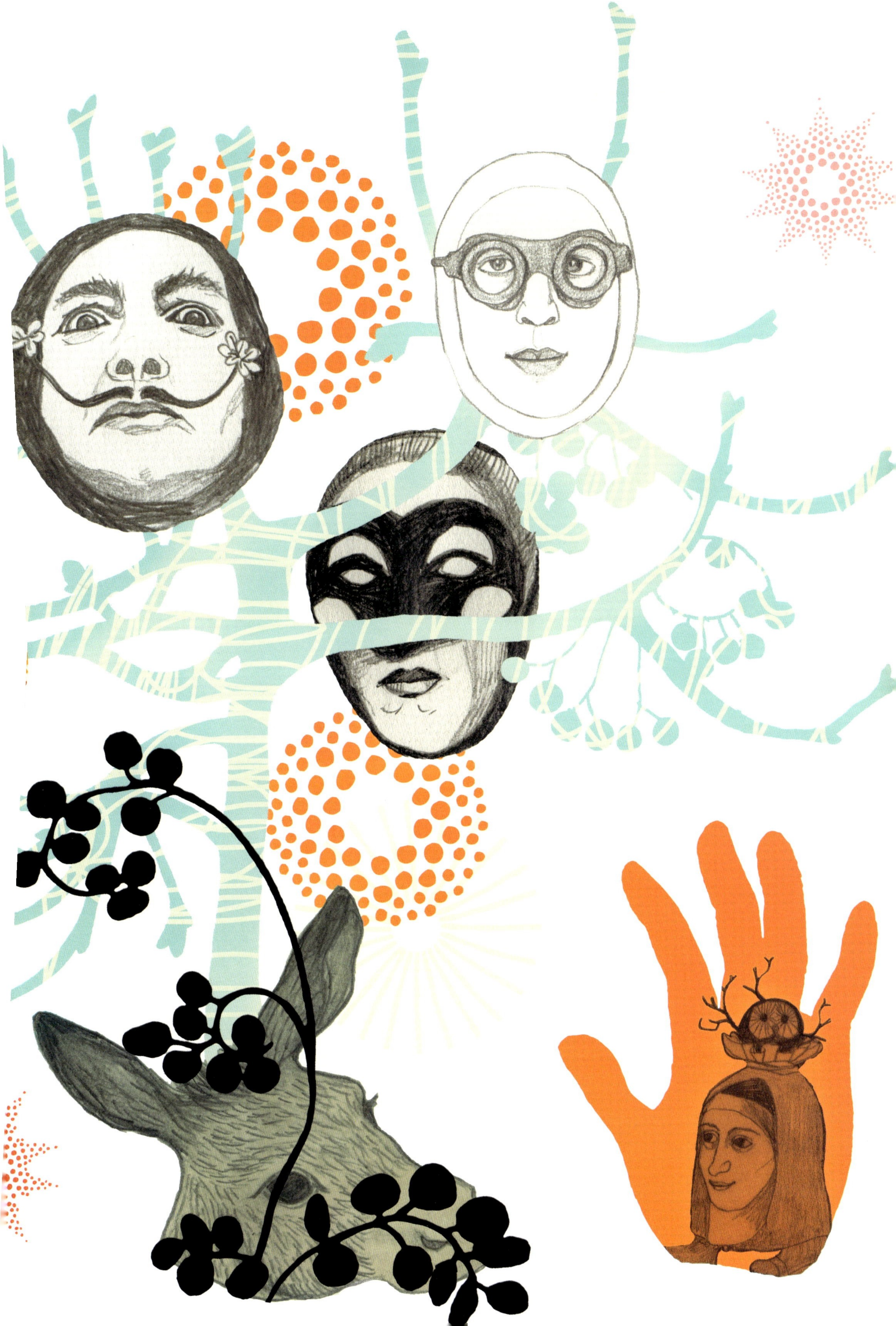

4

Sonhos de artistas

Nem todo mundo conta seus sonhos a um psicanalista, pois nem todo mundo sente necessidade disso. Às vezes contamos nossos sonhos para os amigos. Alguns artistas, fascinados com a estranheza dos sonhos, que mudam a realidade, os usam como material para sua obra.

Material para romance

Os sonhos transformam, deformam, alteram a realidade. Contam histórias para boi dormir, falam de fantasmas, transformam princesas em cobras e cobras em princesas... O maravilhoso e o fantástico estão sempre presentes nos sonhos.

É por isso, provavelmente, que fornecem material privilegiado para os artistas. Nos contos das *Mil e uma noites*, os sonhos são uma maneira de contar histórias extraordinárias... e descobrir tesouros!

Por exemplo, um desses contos fala de um homem rico que gastou toda a fortuna levando uma vida de luxo. Uma noite, ele sonha que volta a ser rico depois de ir ao Cairo. Ele vai até essa cidade e, confundido com um ladrão, é preso. Ele conta sua história ao delegado, que ri dele e diz: "Há anos eu sonho que faria fortuna se fosse a Bagdá e escavasse debaixo de tal árvore. Você acha que sou burro de fazer isso?". Depois de solto, o homem parte para Bagdá e encontra uma fortuna debaixo da árvore que o delegado havia mencionado.

"O poeta é um dizedor de palavras. O dizedor de palavras é aquele que, na vigília extrema, fisga um equivalente do sonho."
Pierre Jean Jouve, *Diadema*.

Gérard de Nerval começa assim seu romance *Aurélia*: "O sonho é uma segunda vida. Não pude transpor, sem estremecer, as portas de marfim ou de chifre que nos separam do mundo invisível". Muitas vezes, quem escreve livros se alimenta de sonhos. E não importa se ele vive ou inventa esses sonhos: é sempre a imaginação dele que refaz o mundo com força.
André Breton, que fundou o movimento surrealista no século XX, usou as descobertas de Freud sobre o inconsciente para escrever de um jeito novo. Ele chamou de "escrita automática" o ato de escrever, sem refletir, os pensamentos que passam por nossa cabeça. A escrita automática tenta deixar aflorar o que fica preso na barreira da proibição. O sonho acordado deixa a caneta aproximar as palavras mais inesperadas: o encontro, por exemplo, "de um guarda-chuva e de uma máquina de costura sobre uma mesa de dissecação".

André Breton

"Tenho muitas vezes esse sonho estranho e penetrante
Com uma mulher desconhecida, que eu amo e que me ama"
Paul Verlaine, "Meu sonho familiar", Poemas saturnianos.

O país das maravilhas

Lewis Carroll

No país dos sonhos, tudo é possível: a Terra pode girar ao contrário, podemos jogar cartas com a dama de espadas e conversar com coelhos brancos. O país dos sonhos e o da imaginação são muito parecidos. É por isso talvez que muitas obras artísticas tenham nascido de um sonho ou usado o sonho como pretexto. A história de *Alice no país das maravilhas* nos leva para um mundo em que a lógica habitual não funciona. A chave do enigma? Ei-la: "'Acorda, Alice querida', disse sua irmã. 'Puxa, como você dormiu!' 'Nossa! Eu tive um sonho bem curioso!', respondeu Alice".

A história contada por Lewis Carroll em *Alice no país das maravilhas* é o relato de um sonho que Alice teve durante a sesta. Em *Sonhei com um rio*, de Allen Say, o procedimento é o mesmo de *Alice no país das maravilhas*: no fim do livro ficamos sabendo que o herói sonhou toda a história. Em *Gus e os hindus*, de Hubert Monteilhet, uma febre alta faz o menino sonhar e desencadeia toda a história. Em *Os dois comilões*, de Philippe Corentin, os dois personagens ficam com dor de barriga depois de comer muito doce, e a história se transforma num pesadelo. O sonho é, assim, um procedimento literário que permite passar da narrativa realista para a fantasia, para uma lógica estranha, diferente, parecida com a dos sonhos: uma criança descobre um bicho morando numa maçã (*O sonho de Trotrô*, de Bénédicte Guettier), sai de casa e entra num jardim de sonhos (*O jardim da meia-noite*, de Philippa Pearce), seu quarto se transforma numa floresta habitada por monstros (*Onde vivem os monstros*, de Maurice Sendak)...

"'O Leirão está dormindo de novo', observou o Chapeleiro, e despejou um pouco de chá quente sobre seu nariz."
Lewis Carroll, *Alice no país das maravilhas*.

53 | Sonhos de artistas

OS SONHOS | 54

Imagens de sonhos

O sonho, como mostrou Freud, é uma história que se conta. Imagens inesperadas, que não veríamos na realidade, pululam nos sonhos. Não é surpresa, então, que essas imagens tenham influenciado tanto os desenhistas e os pintores. A imaginação deles podia se alimentar de sonhos pessoais ou então daquilo que as pessoas pensavam sobre os sonhos na época.

É claro que a pintura dos sonhos evoluiu profundamente com o passar do tempo. Quando Giotto pintou *O sonho de Joaquim*, por volta de 1305, retratou o santo dormindo e, acima dele, num céu de um azul profundo, o anjo que o visitou em sonho. Na Idade Média e no Renascimento, a pintura era muito influenciada pelo cristianismo. Os santos sempre sonhavam com anjos, como mostra também o *Sonho de Santa Úrsula*, pintado por Vittore Carpaccio, por volta de 1490. Já os sonhos de Hieronymus Bosch mostram as criaturas torturadas do inferno: pessoas com cabeça de pássaro, corpos abrigando homens como se fossem casas, torturas sem fim... Nesse caso, são sobretudo pesadelos!

À medida que nos aproximamos dos tempos modernos, observamos que as visões dos sonhos e dos pesadelos são menos influenciadas pela religião. *O pesadelo*, de Johann Heinrich Füssli, pintado em 1782, mostra uma mulher adormecida e suas visões assustadoras: um duende sentado sobre seu peito e uma cabeça de cavalo com olhar possuído.

Às vezes, um sonho descrito na literatura é reproduzido numa pintura. *Sonho de uma noite de meio-verão*, de Marc Chagall (1939), faz menção a uma comédia de William Shakespeare chamada *Sonho de uma noite de verão* (1595). Um personagem com cabeça de asno abraça uma moça, assim como na peça um personagem com uma máscara de asno usa a magia para atrair o amor da heroína.

"Por que o olho vê uma coisa com mais nitidez em sonho do que a imaginação em estado de vigília?"
Leonardo da Vinci, *Profecias*.

Os sonhos no cinema

O cinema, que foi inventado no fim do século XIX, usa tanto narrativa quanto imagem: a história é contada por uma sequência de imagens fixas que passa tão rápido que o olho a vê como se estivesse em movimento. O cinema seria então uma fusão entre uma história e uma sucessão de quadros. Nesse sentido, ele é muito parecido com o sonho, que é as duas coisas ao mesmo tempo!

"As estruturas do filme são mágicas e respondem às mesmas necessidades imaginárias que as do sonho."
Edgar Morin, *O cinema ou o homem imaginário*.

No cinema, é possível contar histórias que se parecem com a realidade e outras que nos transportam para um mundo imaginário. Também é possível fazer os espectadores viverem o sonho de um dos personagens. Como? O diretor Alfred Hitchcock pediu ao pintor Salvador Dalí que criasse a cena do sonho no filme *Quando fala o coração*, de 1945. Essa cena é uma tentativa de se aproximar do efeito extraordinário que um sonho pode ter: "Quando chegamos à cena do sonho", explica Hitchcock, "eu quis romper com a tradição dos sonhos de cinema, que normalmente são nebulosos e confusos, a tela treme etc. [Eu queria] sonhos mais visuais, com traços agudos e claros, numa imagem mais nítida que a do filme, justamente. Eu queria Dalí por causa do aspecto agudo da arquitetura dele [...], as sombras longas, as distâncias infinitas, as linhas que convergem na perspectiva... os rostos sem forma...".

"O homem é genial quando sonha."
Akira Kurosawa.

57 | Sonhos de artistas

Conclusão:
o sonho de um mundo melhor

O imaginário está sempre mais ou menos ligado ao sonho. Em português, assim como em francês e inglês, as palavras que designam as imagens que nos transportam para outro mundo, quando estamos acordados ou quando estamos dormindo, são quase as mesmas: *sonho acordado* e *sonho* em português; *rêverie* (ou *rêve éveillé*) e *rêve* em francês; *daydream* e *dream* em inglês. Existem dois tipos de sonhos: os que nosso desejo de agir cria quando estamos acordados e os que temos quando estamos dormindo.

O que existe fora da realidade em nossos sonhos acordados? Um mundo de sonho, um mundo melhor, um mundo que esperamos ter, que gostaríamos de construir! Afinal, o sonho é também uma maneira de imaginar o futuro, de querer mudar o mundo. Porque o mundo não é uma realidade que se impõe a nós e que devemos aceitar sem discutir. Ele é resultado em grande parte do que fazemos dele, da maneira como o imaginamos e realizamos quando agimos. A pessoa revoltada com alguma coisa pode transformar essa revolta em um sonho de melhorar o mundo. Também usamos a palavra "utopia", que significa literalmente "aquilo que não existe em lugar nenhum", ou aquilo que inventamos com a força da nossa mente. Nesse sentido, o sonho é pensado como uma coisa positiva, um horizonte que gostaríamos de atingir.

Martin Luther King

Em 1963, Martin Luther King escreveu um discurso famoso, em que convidava os americanos a seguir o caminho da não violência e contra o racismo. Ele dizia, entre outras coisas: "Eu tenho um sonho de que um dia, mesmo no Alabama, onde o racismo é contumaz [...], as meninas e os meninos negros poderão andar de mãos dadas com as meninas e os meninos brancos, como irmãs e irmãos. Eu tenho um sonho hoje!".

Esse sonho guia os que querem que todos os homens, seja qual for a cor da sua pele, possam se olhar como irmãos. Esse tipo de sonho tem um grande poder: quem acreditar nele vai convencer os outros, e todos agirão juntos para realizá-lo. O racismo ainda existe, mas o "sonho" de Martin Luther King está vivo, como um horizonte para onde devemos seguir.

É por isso que os sonhos não devem ser ignorados, principalmente se forem de muitos! Se um escravo sonha em fugir, talvez não consiga. Mas se um grupo de escravos tiver o mesmo sonho e unir forças para realizar esse objetivo, há grandes chances de que eles consigam a liberdade.

O sonho é a capacidade de não se sujeitar ao real apenas porque é o real. O sonho é o desejo profundo de levar nossa vida para onde quisermos. ∎

Sumário

1 O que são os sonhos? 6
Sonho ou imaginação? 8
Palavras que fazem sonhar 9
As fases do sono 9
O sonho se parece com o quê? 12
Os sonhos servem para quê? 13
Com que idade começamos a sonhar? 14
O que é pesadelo? 14
Os animais sonham? 17

2 O poder dos sonhos 20
Entendendo de onde vêm os sonhos 22
Mensagens dos deuses 23
Um intérprete para essas mensagens 25
José, o tradutor bíblico 25
Os xamãs, sonhadores profissionais 27
Sonhadores na Austrália 31
É magia! 32
Largando seus sonhos 32

3 O que dizem nossos sonhos? 35
Sonhos que apavoram 36
As dúvidas de Descartes 37
Freud entra em cena 39
Uma porta para o inconsciente 40
Charada 42
As artimanhas dos sonhos 43
Sonhos de criança 43
Símbolos culturais 44
Existe um dicionário dos sonhos? 46
A psicanálise e os sonhos premonitórios 46

4 Sonhos de artistas 48
Material para romance 50
O país das maravilhas 52
Imagens de sonhos 55
Os sonhos no cinema 56
Conclusão: o sonho de um mundo melhor 58

1ª edição junho de 2012 | **Diagramação** Reverson Reis
Fonte ITC Century | **Papel** Couché 115g/m² | **Impressão e acabamento** Corprint